隔壁住过月亮

尚东峰 著

南京出版传媒集团
南京出版社

图书在版编目（CIP）数据

隔壁住过月亮 / 尚东峰著. -- 南京：南京出版社，
2024.5

ISBN 978-7-5533-4736-3

Ⅰ.①隔… Ⅱ.①尚… Ⅲ.①诗集－中国－当代

Ⅳ.①I227

中国国家版本馆CIP数据核字(2024)第076301号

书　　名　隔壁住过月亮
作　　者　尚东峰
出版发行　南京出版传媒集团
　　　　　南 京 出 版 社
　　社址：南京市太平门街53号　　　　邮编：210016
　　网址：http://www.njcbs.cn　　　　电子信箱：njcbs1988@163.com
　　联系电话：025-83283893、83283864（营销）　025-83112257（编务）

出 版 人　项晓宁
出 品 人　卢海鸣
责任编辑　包敬静
策划编辑　陆 萱 陈 晓
装帧设计　张 淼
插画设计　夜三雨
责任印制　杨福彬

排　　版　南京新华丰制版有限公司
印　　刷　南京爱德印刷有限公司
开　　本　889毫米×1194毫米　1/32
印　　张　6.375
字　　数　101千字
版　　次　2024年5月第1版
印　　次　2024年5月第1次印刷
书　　号　ISBN 978-7-5533-4736-3
定　　价　56.00元

用微信或京东
APP扫码购书

用淘宝APP
扫码购书

你也会有自己的小船
在一盏月光下靠岸

我们荒唐掠走，
彼此的生命
在思念落满的土丘
捡拾最圆的月亮

序 他喜欢不言语的自然物

郭幸

　　最早听过的那首《无骨无花，无我无他》便带给我同这部诗集类似的感受："多年前我身骑白马流浪 / 说要带你去远方"，作者在表达上追求的是轻逸之美，即使诉说的是沉重的主题，也往往以少年的口吻将其化解了。他从语言入手，这种语言风格是清丽的，与尚东峰歌曲的风格颇有相似之处。《常客》里写道："他喜欢冬青 / 喜欢不言语的自然物"。在这里冬青仿佛是作者的某种灵魂肖像，在下一句又补充道："喜欢剪去我烦闷的细枝末节"，这恰恰反映了"他"的内心是渴望自由呼吸的，卸下所有不必要的负累。在这首诗当中我还颇喜欢第二段的一句"三爷爷拖着那把大剪刀 / 大剪刀拖着三爷爷的背影"，这样的一个第三人称视角，凸显了我对亲人由衷的怜悯。而这一切的意象都在那个冬日的早晨发生，在霜的包裹里，带有一种朦胧的美感。作者对一些字词的使用有"推敲"的痕迹，可以看出他在语言上的用功。《旅程》里，他用"撼撞"两个字去形容雨水与船的关系，非常的贴切。"美好注定是被遗忘的 / 悲伤常翻常新"，这样的表述给人耳目一新的感觉。悲伤在这个句式当中被物质化了。

　　从意象入手，作者的诗中常常出现"云""风""月亮"这类自然意象，也呼应了语言之中轻盈、清丽的特征。自然意象的使用，让尚东峰的诗句呈现出清新可人的面目。"风起碎冰河　日车撞云山"（《春到冬的距离》）；"是那片模糊的云　是步履蹒跚的老人"（《老钟表》）；"孤独是月下矮小的坟墓"（《月下两行诗》（组诗））……

　　抒情性是尚东峰诗歌的主要特征，或许这也是因为音乐的关系，作者的诗歌情感向是外向的，虽然在某种程度上缺少蕴藉，但从反方向看，却多了一些健康之美。而韵律在当中的作用，无疑加强了抒情的强度。它们更像诗中的"歌体诗"。对于新诗是否该有韵律，尚东峰的诗歌或许为学者们提供了一个很好的研究范本。例如在《一路风尘》当中，作者就连续使用了三个"不必"，这种呼告式的口吻，不仅仅是一种内心的抒怀，更像是一种对同时代人的精神勉励。"不必叹息苦与难""不必怨恨爱与情""不必轻视生与命"，这首诗虽然语言简单，却饱含了一种生命力。他不吝使用对偶、排比等句式。《我喜欢你似有非有的梦里》就有"梦在天外

河　市井三两风"。这让人联想到俳句当中的结构，以两三行短句子构成一个独立的图景，而余韵流长。此外，像"拿起匕首　不如捧起鲜花"就是一种带着禅意的表达。与抒情性相关的是音乐性。稚拙的音乐性，保留了歌词当中的韵脚，使得诗句表现出更多"歌体"的特征。比如《祝酒词》的第一段：

让我们重新认识一回

敬你不醉人的酒

白鸽回枝头

顺遂事无忧

"酒""头""忧"在这里显然是押韵的，而且洋洋洒洒、不醉不归、乐而忘忧的胸怀就此打开。《祝酒词》这一题材先天就带有歌的特征，用以行酒令。带有韵律的祝酒词更让抒情效果得以加强。

想象力和跳跃性是尚东峰诗歌的另一重要特性。其中不乏一些惊人之句，我认为很有比喻的张力，例如，"月亮　缩进自己的躯壳 / 今夜的风吹走我的孤独"（《如果下一秒我成为飞鸟》），这里的他将月亮做了一个陌生化的处理，在常人看来月亮是遥不可及、高高在上的，而在这首诗里，月亮确实孤独可怜的，它也想缩进自己的壳。月亮的壳会是怎样的呢？

这样奇异的意象随处可见。《大年夜》里"在三十岁的书里挂上火红的灯笼"，这是一个比较陌生化的表达，大红灯笼往往让人联想到的是红白喜事，它和三十岁这个充满青春气息的字眼仿佛不搭，但又产生了奇妙的化学反应。这里也有一些想象中的事物，"正午的月亮"就是一种象征，他在《等待》里使用了这个词，它仿佛是一个仅仅存在于虚构当中的事物，同时也意味着等待是没有结果的。秋景的描写中也有，"柿子硕大　倒挂在月亮一旁"这样的句子，一些比例的有意失调反而构成了童话般的美感。

在空间结构上有很多巧妙的立意。比如说《一间夏》里所写的"打开花洒就听见雨声／太阳在浴霸中心　洗衣机循环播放蝉鸣"，在很长的时间里，过去的诗人怀有浓重的返乡情结。而过往的返乡，往往是狭义的"乡土"，然而在"90后"的诗人身上，我们可以看到类似的城市生活所留下的印记。正如尚东峰在另一首诗歌里写过，"城市和麦子地的土壤是一样的"（《如果是远行》）。在《铁树和蝉》

当中对蝉也有别出心裁的描写："你不应该被同一块面团粘住"；在写铁树时，他用"黄金"去形容铁的内部，在对语言质感的把握上，尚东峰有非常好的天赋。再比如，"故事里的人／擦拭生锈的喉管"，"生锈"一词则涵盖了"故事"的时间性。《过冬》之中有对空间关系的处理："四季你来我往／我愿做一朵花／春天开　秋天败　冬天落满人间"。在这里，不是"我"路过四季，而是四季路过"我"，主客关系进行了置换。不得不承认，尚东峰的诗歌当中透露出"物自体"的倾向，并没有把人当作万物的中心。正如《轻与更轻》里体现的：

叶子那么轻

就算落地也不会摔碎

人也很轻

只比叶子重一点点

这首诗里也夹杂了一部分诗人对事物本身的哲学思考。叶子的轻巧让它免于支离破碎的命运，这反而带给人一种启发：过于沉重的人生是危险的。所以这也是灵魂减负的一个必要性，唯有让自己的内心真正地变轻，才可以避免坠落身亡的命运。有

时候诗歌里也有逻辑上的颠覆，以《当我以为花和
雨的命运不同》为例：

不是所有的花都期待白天
我不爱盛开的花
它越美，命运会越残忍

不是所有的我都不爱盛开的花
当我睡去。我又一次爱上黑暗

这里截取其中的二、三两段。第三段对第二段
构成了转折，但奇妙之处在于，转折的并非定义，
而是对于"我"进行了逆转。"不是所有的我"，
这里把"我"作为一个集体名词解构了，这当中体
现的是潜意识对表层意识的出卖。或许"我"对同
一个事物也会有相反的态度，只是"我"不知道而已。
梦在这里便是潜意识的代名词。在结构方面的创意
也可以看出诗人的创造性，或者说语言本身存在的
游戏性。在《幸福周计划》当中，诗人也仅仅是罗
列了从周一到周日要做的事，但语言却是俏皮的，
更呼应了"幸福周"这个命题。至于幸福是一个梦、
一个计划，又或是一个幻想，就是留给读者思索的问
题了。《九宫格（组诗）》也是以一种孩子气的口吻，

完成了一种遐想式的语言，在结构和语言上同样达到了游戏的目的性。

爱是作者诗集当中的一个重要主题。对爱的体验每个人都是不同的，而对于每个阶段的体会也是变化万千的。他痛苦时说："你是那把钝刀　用来摩擦摇摆的我"（《你从我未曾见过的大海走来》），孤独时他说："野草倒挂在云朵／我徒有一根柴火"，"野草"与"柴火"的对应关系，在这里可以说是恰如其分的。我想这个章节也是最为动人的章节。许多深刻的生命体验都在诗句里击中读者的灵魂，"如果远行　如果一个人一去不返／房子只是一块美好生活的界碑／刻着两个人的名字"。离别的生动在这里体现得淋漓尽致了，没有家人的家仅仅是一座空洞洞的房子而已。

另一些诗歌则侧重于诗人对于生活经验的反思，这也可以看出尚东峰并非一个脚不沾地的诗人，他活在现实当中，并对现实生活有着清醒的认识。他深谙生活的真谛其实就藏在"庸常"之中，藏在你我的"粗糙"之中。"一把歪斜字迹的纸剑／刺穿生活的假面"。这样洞穿生活的句子，反而使用了非常古典的意象——"纸剑"和"假面"。从我们的阅读经验来看，其实语言清丽的诗人，往往给人一种不食人间烟火的感觉，因为语言的干净带走了某些确切的伤痕和血迹，但这并不意味诗本身是无关痛痒的，这恰恰是一个有洁癖的诗人对诗歌语言的执着态度，他最终呈现给读者的，是自己反复推敲、清洗后的语言，他是带有人格印记的。在《恐惧》这首诗歌当中，诗人更是以感官入手将恐惧给具象化了，这非常考验诗人的描述能力：

恐惧原来如此具象

我在梦里为命运呐喊

命运却在现实里　抽打我的灵魂

另一方面，在写给亲人的诗歌中，他表现出很强的穿透力。当然，亲情永远是容易引起我们共鸣的主题。例如这首《爷爷，山前的梦好长》：

爷爷　山前的梦好长

我驮负两座山

一座叫生活

一座叫不相见

一座隔着梦

一座隔着你

目　录

辑一 都是春天的欣喜

"我在等一个春天传来的回声，
盖过忧愁，高过相逢。"

/ 旧事已翻篇 /

我会穿过生活风暴，
不远千里和你拥抱。

小小的礼物

我有一颗糖
可以是葡萄味
或是桃子味的

夹心可以是酒
可以是大海
或是彩虹

可以用纸包装
也可以用贝壳
或是一个明天

喏　送给你了

2024 年 2 月

一路风尘

人生如沟渠
浅草没岸堤
应许会有几场奇迹

不必叹息苦与难
心向远方的人早已不再沮丧
无论如何　明天总是新的

不必怨恨爱与情
温暖的春日自有玫瑰和吻
你如春光一样美好

不必轻视生与命
太阳抵得过万里冰封
祝你永远澎湃向上

庆幸去过远方　这一路风尘
都是通往平凡的锦绣花环

2023 年 1 月

祝　愿

祝所有的风
复始千万　周而东西
越过春日　荣归故里

愿唯一的你
长路漫漫　不急不慌
日子松缓　好梦轻易

2021 年 12 月

如果我下一秒成为飞鸟

腊月　湖面的冰裂开一圈
我们围绕祭祀的火堆
清扫黑色神迹的地

月亮　缩进自己的躯壳
今夜的风吹走我的孤独

会有一只飞鸟掠过月亮
驶离黑暗
请允许我　去往那座无名的春山

2020 年 12 月

我在等一个春天传来的回声

喜欢在凌晨两点的房间里寻找月亮
污浊的眼睛弄脏黑夜的干净
琴声从心底响起　记忆泛着回音
我将要忘记我的笑声　年轻人
捉到月亮的影子了吗

一根细弦戳破正在模糊的梦
再美好的时光都要被悲伤戳破
美好注定是被遗忘的
悲伤常翻常新

我在等一盏灯
陪我走过漫长又孤独的夜
我在等一个春天传来的回声
盖过忧愁　高过相逢

2022 年 10 月

一间夏

打开花洒就听见雨声
太阳在浴霸中心
洗衣机循环播放蝉鸣
洗漱台凹出一面湖泊
映着天花板的流云

一颗珍珠滚落在芳草地
我依偎在生活的枝叶里
掏空了悲伤
幸好景色与我都未来迟

我的心里仍有绿色
足以铺满一屋子的夏

2024 年 2 月

大年夜

我正在穿过新的人生
怀抱着春天的花束
烟花过了　冬就过了
满桌香甜为昨日送行

我坚信
一定会有失而复得的梦
一定会遇到心软的风
一定有一整年的好天气
一定有比今晚更好看的夜空

我要去
过一场没有输赢的人生
要对爱我的人敞开心扉
要点燃每个纷纷扬起的时辰
在三十岁的书里挂上火红的灯笼

我正在穿过新的人生
怀抱着春天的花束

2024 年 2 月

我

你贪你的天下
我恋我的人间
不必逾越楚河汉界
我在我的世界生根发芽

2023 年 5 月

门外，窗外

窗外是诗人笔下的春天
门外是孤独者流放的荒漠

我打开门　推开窗

2018 年 5 月

常　客

他喜欢冬青
喜欢不言语的自然物
喜欢剪去我烦闷的细枝末节

在降霜的清晨
他步履蹒跚地路过我红锈的铁门
三爷爷拖着那把大剪刀
大剪刀拖着三爷爷的背影
走进薄雾漫开的村子

我在冬青下等过他
那熟练掉落的是关于冬天的谎言
我起身赶往春天
那排冬青已爬过铁门
在沉寂的夜里
递来关心和想念
我相信了美丽的谣言
所以起身　往未来走去

2017 年 2 月

铁树与蝉

我喜欢在夏天
躺在房子倾斜出的阴影里
我喜欢感受风吹鸟虫
面团黏住知了的翅膀
它爬过我头顶　爬过铁树巨大的影
等一次花开吧
在无所期待的日子里

知了消失一年也会长大一岁吗
看吧
你不应该被同一块面团黏住
看吧
铁树再一次翠绿　黄金从它身体跑出
看吧
房子还在　太阳还在

我总在那个相似的季节里
想起记忆里的花香蝉鸣

再等一次花开吧
在颠沛流离的日子里

2017 年 9 月

旅　程

挈一小舟远行
没有航线　没有目的地
横穿雨季也撼撞百花
驶过溪河又渡济沧海

游鱼跃过轻帆　抚摸天空的鳞片
水草拨动船桨　微风裁剪浪花
去看黄河岸边的沙
去见山下炊烟的小屋
去寻找村落　去遇见陌生的人
世界之大　天远路长
风一直吹向前方

白鸥飞进少年的心
前方满是清澈的蓝

2024 年 2 月

我喜欢你似有非有的梦

宁波的潮水在夜晚晃动
烟花铺满江面
月狠狠地亮
我的梦被折进纸船
飘向更远的地方

梦在天外河　市井三两风
我喜欢你似有非有的梦
高举烟火取悦生活
赶月逐风取悦自己

2022 年 7 月

活到阳光很好的那天

再活一天吧
别错过大雪落满黄昏
山野已冬　晚霞温柔

活到春天吧
清扫完眉头的雪
在阳光很好的日子里大哭一场

亲爱的你
拿起匕首　不如捧起鲜花

2020 年 12 月

过 冬

四季你来我往
我愿做一朵花
春夏开　秋天败　冬天落满人间

2019 年 2 月

祝酒词

让我们重新认识一回
敬你不醉人的酒
白鸽回枝头
顺遂事无忧

敬你不回头的酒
背影留在田野村头
人间悠悠解乡愁

敬你千杯酿酒梦
秋夜挂满星斗
岁月握住晚风

明天梦醒时
遇见久别重逢的人

2023 年 11 月

春到冬的距离

春　如此生机
风起碎冰河　日车撞云山
欲将思念挂人间
却望山水悠然

冬　如此这般
炉上烤红薯　晚夜饭团圆
一捧白雪染鬓边
念也寻常
忘也寻常

2023 年 11 月

等　待

捉到了正午的月亮
海天交错　云朵成行
一生这样短
我仍愿等一场黄昏

2023 年 5 月

年　轻

没有人拥有完整的未来
还以为遥不可及就是自由
终有一天
我们踏雪前来　捧花而去

2018 年 2 月

人间到此一游

心中水墨漫泰山
斗酒天外黄河
不知荒唐是何物
偏恋一辰一星

别劝留　莫回头
脚下南山北海　人间到此一游

2023 年 1 月

轻与更轻

叶子那么轻
就算落地也不会摔碎
人也很轻
只比叶子重一点点

2018 年 3 月

此刻，我们开始幻想生命的可能

草木枯萎
动物的骨头
山河在地球上消失
星球坠入宇宙的尽头

在思想温室长出生命
在无穷境地落下一粒尘埃

我和你潦草走过人间
拖着短短的吻痕

2019 年 10 月

临梦行

春日载阳岁岁雨
秋月上楼雪祁祁
人间沉梦了不知
我剔白骨补天地

2021 年 10 月

旅梦书

眠世一场鸟童啼
闲田远川踏鹤去
伏夜守梅须黄绿
无物可度百年虚

2023 年 4 月

当我以为花和雨的命运不同

夜晚　雨淋湿窗外所有的花
和我期待已久的睡眠

不是所有的花都期待白天
我不爱盛开的花
它越美　命运会越残忍

不是所有的我都不爱盛开的花
当我睡去　我又一次爱上黑暗

不愿落下的雨　盛开
不肯盛开的花　落下

2020 年 9 月

春天胜过一切语言

春天手里握着一对王炸
左手一犁雨　右手一簇风
几千个日夜拈出一个明天
我经过几十个春天
依然爱听春天的传言
老槐树从寒冬走出　披着新的衣服
见见冬青　见见松柏
唤失而复得的太阳　迎着新的黎明

我已推开春天的门
攥着真诚这一张底牌
我们一定要在此刻相见
春天胜过一切语言

　　　　　　　　2024 年 2 月

在房间种一朵花

在房间种一朵花
什么颜色都好
什么花都好
你知道
一定有一颗种子飞往草原
飞向再无关联的季节
在晴朗处
留下那深爱房间的人

2020 年 12 月

幸福周计划

周一　晚餐只吃一片云
周二　陪一颗星星去公园散步
周三　把夜晚打扫干净
周四　和月亮打游戏
周五　看落日主演的电影
周六　听大海的音乐会
周日　在梦里躺一整天

2023 年 1 月

毕 业

撕下写着姓名的扉页
扔掉发黄的书
希望是属于明天的
明天是属于我们的

此后的日子
且奔去夏夜疯狂　鸣雨中高歌
去晴朗的梦里　酣畅淋漓地赢一场

此后的日子
路都宽敞　天都空旷
三千春城日夜追白马

此后的日子
面包有糖　空气溢着奶香
小屋裏满六月的绿色

推开窗
眼前就有万米阳光

2024 年 2 月

辑二 爱一直都在

"你从我未曾见过的大海走来，
带着关于日落的消息。"

你如星辰入海，
倾万鲸成宇宙。

见一面吧

要相见
阴天雨天
小雪又小满
见面就是晴天

要再见
高山沧海
千里又万里
重逢都是浪漫

2019 年 12 月

在秋天

九月　比六月安静
比冬月热烈
我想我已经理解爱
正如秋的平和　银杏的驰念
如遥远天际中藏不住的光亮

岁月不再为过往润色
不再去想离开的人为何离开
我在月光下席地而坐
麦子味的风　金黄色的雨
柿子硕大　倒挂在月亮一旁

我有大把的时间
也有大把的爱

2024 年 2 月

如果是远行

如果是远行
看海和看山是一样的
流动的　也是死寂的

女人从田野走来　又走近苍翠
背靠着一幅幅隽永的画
她相信后背也能长出山海
像爬山虎　像苔藓　像风吹过的野草
宽阔的　野蛮的生命

如果是远行
城市和麦子地的土壤是一样的
男人的茶杯里斟满秋天的酒
画的夜空等待太阳升起

两人挥动镰刀收割小麦
把最健康的那一束送给对方

如果是玫瑰
红色和橙色是一样的
如果是爱你
活着和死去是一样的

2017 年 9 月

你从我未曾见过的大海走来

我常常想那些摇摆的事物
在脑海里切开又复原一颗苹果
你是那把钝刀　用来摩擦摇摆的我
刃卡在心脏
你不狠心便不知道我熟透的思念

你从我未曾见过的大海走来
带着关于日落的消息

2022 年 9 月 1 日

太书面会让我们显得陌生

我爱的人
你是黑夜里明亮的月

如果为你取名
太书面会让我们显得陌生
我这样陌生地爱着你　想不出特别的称呼

我爱的人
你知道吗　我把昼夜写进书里
期盼黄昏阅读时　你能给我答案

我这样陌生地爱着你
背对着无数星光　告诉自己
你是我爱的人

2020 年 10 月

当我确定，爱你

今日晴朗的天
本不属于任何人
只是在云下
隐约可以看见你的样子
把今天送给你
遥远但正在发生的爱
别用汹涌形容它
我多想穿过时间的麦浪
与你迎面相逢

2018 年 3 月

野　风

我是不被你想起的风
把你写重了
我就轻了

2022 年 6 月

我当然期待，关于你

什么时候来找我
花开时　阵雨打湿了你的鞋
你一步步走向我的春天

风刚刚好　天气刚刚好
我盛开得不早不晚
一切都刚刚好

我当然期待
那窸窣作响的树叶
带来见面的消息

2019 年 8 月

无尽之事

独自生活后　第一次住进高楼
每天把花养活　又看它败在夕阳下
我身体里的蜡烛在夜里飘忽不定
过往和现在顺着楼梯爬上爬下
雨下了一整夜　雷响了十三次
楼和无尽的楼　孤独和无尽的孤独

数着日子　我们又两个月没见面
什么时候来看我
花已送给大地　房间也留出你的位置
那声响　还以为是你来了

窗外
风和无尽的风
夜和无尽的夜

2020 年 11 月

蓝

海把月亮吃掉
吐出它的骸骨
我饮尽那片海
为了看一眼蓝色深处的
你

2020 年 10 月

我们住在春天

从床的一头翻滚到春天
再从青青草地翻滚到你的怀抱

远处的风筝很好
火车鸣笛盖住我们的吻
阳光温柔不耀眼
我已不觉得人群吵闹
花海很好　天气很好
春天有你在　真的很好

转身看看三月　再转身看看你
呵　春天也不过如此
天空尽情地蓝　郁金香尽情地艳
我们约在春风里　尽情地欢喜

2024 年 2 月

用我的名字呼唤你

等繁星到齐时再把我叫醒
我认得那颗最亮的星星
曾毫无指望地爱着这寂寥的夜色
我会虔诚地奉上不完整的想象
去看另一种生活的样子
我将想象托举起来
用我的名字呼唤你

2017 年 1 月

我们终归是孤独的

我目光投向的那片草原
没有昨天　今天　明天
野草倒挂在云朵
我徒有一根柴火

2017 年 12 月

冷战，无人认输

关掉灯和月亮
夜晚向我们坦白一切

不断放大谎言　又偏爱着谎言
在书里种下一颗腐烂的草莓
眼泪流到哪页就埋进哪页
我们的爱不能被浇灭

2017 年 12 月

你　我

夜晚　在海边
席卷了白天的可爱和温柔
漆蓝的浪拍打上岸
半埋在土里的石子一动不动
我说想你的时候
如这汹涌的浪包裹着定海石
随后干净　再包裹　再干净
纹丝不动的山　在海啸来临时
穿过云　无风无浪的寂静

2020 年 9 月

被刺痛是一件常有的事

云厚　风浓重
绿色麦地已有它的坚硬
爱的人　你会清楚言语都是假的
但如果我允许它是假的
那它便是真的

就如我允许云是轻的
麦子是柔软的食物
我们如何相爱和枯黄　我从未想过
下一次被刺痛的时间和感受

写不出你的坏　便不再说你的好
我允许你和生活刺痛我
允许这件常有的事

2020 年 7 月

我爱你，也只是经过

我们经过爱的房子
沙土和石子的灰尘　覆在两个身体之上
我们建设　它仅仅是房子
如果远行　如果一个人一去不返
房子只是一块美好生活的界碑
刻着两人的名字

我们相爱　却不擅长告别
有一些爱
无法永远留在这里

2021 年 2 月

月亮船

月光无法载我驶向你
我打碎月亮
洒在每个无法逾越的昨天

2020 年 12 月

回　忆

光又来我房里偷走了时间
至少明媚时　那盆弱小的水仙
才显得精神一些
我们相爱时　这个房间就是世界
它和我都无法容纳更多

上班　做饭和亲吻
没有细枝末节　那阵子
不过也像是平常的一天而已
紧皱眉头　无法独自完成回忆这项动作
只是想到这些　光又折返回来一次
能记起的　总是
我和你粗糙的一面

2020 年 11 月

只要有一次

只要有一次
和心爱的人听听晚风的心跳
厚厚的墙　薄薄的时光
就安静地坐着　看着彼此
只要有一次
翻山越岭　赴一场夜色的约会就足够了
我依然在等
那个铺黄昏的人
扶起摇摇欲坠的星

2021 年 2 月

浪漫的假话

我爱富有的夕阳
给人间战栗的希望
我爱一无所有的我
说完一切浪漫的假话

2021 年 10 月

对于爱你这件事，我想我比你清楚

又一次　被你打碎
在本应很好的夜晚
月亮在几平方米的天花板上
我漂流在无边的海面
我又一次失去依据
对于爱你这件事

无法以相同的方式打碎你
就用相同的力气　在相同的距离
推开这扇门
在阳光明媚的一天
离去

2018 年 12 月

爱是场弥天大谎

不要信
捧起你的人
他们头顶满天星辰
双手托不住一口叹息

不要信
抛弃你的人
爱是场弥天大谎
语言和文字是牺牲品

不要信
故事里的人
擦拭生锈的喉管
我们的明天永远新鲜

请相信真实发生过的
我笃定你
胜过所有匆匆岁月

2022 年 9 月

辑三 生活的另一面

"当平凡和伟大不再冲突，
我如此渺小又真切地活着。"

你掀起山河奔向我，
踏尽星粒来访我。

老钟表

是那片似梦的云　是年轻的路人
不必在意
老钟表慢了五分钟　我已走出黑暗

是那片模糊的云　是步履蹒跚的老人
不必回应
只有我知道自己等到了什么

不必在意错过了一天
黑夜总能送来月亮

2020 年 7 月

九宫格（组诗）

一

阳光晒着我　暖风盼着我
春天太慢了
根本追不上我

二

打开月亮
光从路灯里"哗啦啦"地流出
夜晚变成巨大的澡堂

三

妈妈跨过漫长的夜
扯下银河
擦干我的眼泪

四

星星不是不说话
它只是
不和大人说话

五

月亮是夜的眼睛
开心就眯成弯弯的线
不开心就闭上眼睡觉去

六

哥哥说星星都一般大　云一般白
是他不喜欢
所以才感觉一个样儿

七

下雨就是
把乌云揪下来
拧拧水

八

把问题丢给风了
等解出你的答案
我就把手举高高

九

下完雨后才有好天气
晴朗或阴郁的夜里
月亮永不缺席

贩　卖

黄昏贩卖橘子色的夕阳
宇宙贩卖珍奇的石头
生活贩卖人生
时间贩卖人心
我常常忘记那些免费的礼物
无尽且珍贵

这个世界的物价　每天都在疯涨
我翻遍口袋　买不起一扇窗
找遍抽屉　卖不出我曾经的梦

我的孤独无价
今夜贫瘠的星空无价

2024 年 2 月

在半山静坐一天

花草已成木　人间还是那片天
海里的鱼　分食一摊水
岸上零散的空瓶　也曾装过梦
我和我相爱　相恨
试图与缥缈的艺术灵魂沟通
在人潮或箩筐中

我爱树枝挡住新绿的风
也爱它的光秃和残酷
爱散客时的冷清
也爱虔诚敬畏活着的热切

在半山静坐一天
和在山顶的时间相同
风景　各自恰到好处

当平凡和伟大不再冲突
我如此渺小又真切地活着

我所感受的
是被我选择过的一切

这一切恰到好处

2020 年 12 月

生活是一场没有硝烟的战争

生活是场没有硝烟的战争
番茄当炮弹　床被作盾牌
一把歪斜字迹的纸剑
刺穿生活的假面

可生活就是这样
绝望的时候　月亮都冰冷
可生活总是这样
从你身上借走的东西　一定会有补偿

生活借走勇气　补偿一些浪漫
生活借走青春　补偿一些答案
生活借走快乐　补偿一些平淡

你知道这个世界很难救
明天还有明天的梦

2022 年 5 月

月下两行诗（组诗）

一

白天等月亮　凛冬等花鲜
我就浪费光阴为一个浪漫的瞬间

二

涉过风火烧月的十年
爱着半死不活的人间

三

孤独是月下矮小的坟墓
刻着无人知晓的姓名

四

生命如月　初生新月盛时圆
下弦眉端　一柱残影隐人间

五

月把灵魂抛洒向海面
我的灵魂蛰伏于我们影子的重叠处

六

你在我潦草的梦里
画上工整的圆月

七

世人盼青天　　明升玉轮
人间寒见月　　荒落土墩

八

总有一颗月亮
落在有我的夜晚

九

成为被人仰望的夜
收留流浪人间的月

十

我已烧干万片江海
必会有人驾月而来

十一

圆月游海底
清秋乘夜来

十二

夜空柔软的纸脊洇染影子
今晚　你我是月下两行诗

此　行

此去山呼海啸时
身归云静风止处
似圆　未满
月下一轮秋

2022 年 9 月

被生活打捞

冬夜不见月
只有望月人
心有满天星光
何惧独行寒夜

被生活打捞
与其逃跑不如热爱
反正生活
徒有其表

2021 年 11 月

月的思念

想以暗星为被
睡在银河最中心
想以山川为榻
醒在无人问津时

我们荒唐掠走
彼此的生命
在思念落满的土丘
捡拾最圆的月亮

2023 年 5 月

在海上睡一晚

最后一抹阳光在今日消亡
大海张狂着

我会在海上睡一晚
湿透的被子和枕巾会在明天被烘干
身体也会献给我的灵魂

当再次醒来时
海鸥落在我的额头
叼走最后一颗珍珠

就得牺牲一个瞬间
一个必须醒来的瞬间

2018 年 11 月

世界深处映着我的心

向海深处走去　捕捉呼啸的蓝
漆黑之地　广阔和寂静重合
也有战争　厮杀时红色的血被水销毁
未知的　藏在你看不到的黑暗里

向森林深处走去　肆意的　植物在生长
花在竭力盛开　随后败落
一棵树不知道被人横向切割身体的样子
山中野兽　骨头成为大地的食物
还有什么
我们恐惧的将是我们猎杀的

我的心里　装不下所有的爱恨慈悲
向我内心深处走去
对自然和生命的敬畏
时间和生活也残酷

它们善良的时候
我只看到饥饿的獠牙
森林和海底有什么
我心里也会有什么

2018 年 7 月

我与时光重叠在一起

在楼中　窗影点燃落叶
世界的角落　仍有不幸之事发生
今夜　针落声密麻入耳
绝望和希望重叠　新生和死亡重叠

在村庄　隆冬遮住时光
龟裂沥青地上　白发也绕不过十年
我们的时光不是一直重叠的
爱不是　记忆也不是
最后一面　当时还发生过什么
当我忘记时　时光已不再属于我
回忆就像明暗不定的星
我应该把它永久地嵌在我的夜空

2021 年 1 月

不　惧

秋天不远　荒凉已来
在丰收前抖落片片朦胧诗

黑夜不远　白雨已来
一群潜行的鸟消失在八月

爱也不远　悲痛已来
我和你站在一本本神圣的书上
望尚未成形的太阳
唱没有明天的歌

2019 年 1 月

在黎明来临前生火

大地骤冷　农民在冬天生火
敲开坚实的炭块　吹开身上的雪
点燃旧报纸　为身子铺一层尘
粗糙的手　捂着薄薄的太阳
赶在烧尽前　续上新的碳块

生火不会每次都成功
也不会一直不成功
阳光在冬天大雾里燃烧
隔着厚重的太行山
拖着双腿　敲落簸箕里的灰
起身为岁月高歌

2017 年 1 月

有人在无端思考

有些日子　是冬天大河表面张开的镜子
看不见下面的鱼　又倒映不出人的样子
所有的树盛开白色的花
云会落下　藏在花里

时间把它们定格　又将其打散
赶路的云在风来时破碎
在碎片里　时间仍是流动的
每具身体都无法触摸
看不见下面的死亡　又倒映不出生的样子

白色的花顺着树枝凋零
枯木和云朵会交谈什么
鱼在镜子后面若隐若现　镜子如何破碎
看不见下面的生命　又倒映不出流逝的样子

老相机拍得也不真实
品尝雪的味道和惶惶不可终日地为某事忧虑

不能在照片里看见
时间和我会交谈什么
我的骨头在泪水里清洗又风干
相纸里的人在想什么
看不见下面的真实　又倒映不出谎言的样子

那虚无缥缈的风　空气和身体
被时间张开的镜子紧紧包裹
雪击碎了一角
裂痕开始向中心扩散　在毁灭的瞬间
又重新回到曾经的样子
生和死会交谈什么
大地裂出一条线　把人沉下去
看不见下面的时间　又倒映不出完整的样子

2021 年 2 月

那年秋天

孤岛镇的月光　你看到该多好
不必向往前一秒的星空
尽管吹来 一包袱的风　今夜我绝不深睡
不必在乎树木　树叶　大地
现在该多好　我在月亮的梦里
雪花吃掉枫叶海　热闹浇灭寂静
无风　叶子落在哪里就是哪里

怎么形容一个不起眼的季节
只有秋叶知道
落下才是生命原本的样子

2019 年 10 月

不需要任何原因

黄昏　昏黄的此刻
一排草莓流出红色汁液
没人关心它烂掉的原因　即便它还在绿叶里
和我说说你为何悲伤不已
其实我只是旁观者

黑色的乌鸦从空中坠落
在白天看得一清二楚
没人关心它死亡的原因　即便它还在飞翔
如何把我的苦痛剥离出来告诉你
我找不到原因　说出口的总是表面

昏黄的山间　白天的云变成深渊
没人关心活着的真正原因
深渊下的草莓　乌鸦
此刻
不需要原因地被制造
不需要原因地消亡

2018 年 11 月

恐　惧

我的恐惧
总是来自未知的事物
静谧的深海　脚下的蟒蛇
死亡与你

这个世界的我
不好不坏　不清不醒

看得到吗
恐惧原来如此具象
我在梦里为命运呐喊
命运却在现实里　抽打我的灵魂

2021 年 1 月

死亡也是存在的

睡着是与你相见的唯一方式
在年复一年的不变里
梦是一种希望
当我不再觉得活着是痛苦
在一步一回头的送别里
梦是对这个世界的无奈与失望

我坚定地去往你所在的地方
直至心中大佛于山巅倾落

2019 年 10 月

去落满树叶的池塘里游泳

秋末冬初　在阳光很好的日子里
我们会经过铺满黄柯的大道
我们会轻抚揉碎白云的北风
我们会吟唱关于生命应有的悲伤

我们双腿湿漉
一脚踩进人间故事里
那些让我雀跃的
注定让我苦痛不堪

在落满树叶的池塘里
水泥地留下岁月影迹
躺在叶子上等一场雪
覆盖我的背　我的胸口
覆盖我记忆的细枝末节

一场雪覆盖一场雪
一条生命热烈过一条生命

可知这片片落叶
也鲜活了十个月

2020 年 10 月

生活需要一无是处的遇见（组诗）

1

纠结结束　那就结束
生活需要一无是处的遇见

2

想起你时　就在纸上写你的名字
写着写着你就消失了

3

不必寻找昨天的云
它已飘向美好的地方

4

孤独和风一样
你只能感受它的存在

5

落不下来是云　落下来是雪
我是飘在半空的纸屑

6

秋日的露水　美但不解渴
我在凉夜　想你但不爱你

7

每当你把我的期待打碎
天空就失去一朵云

可　及

低垂　猫在抽泣
为客死他乡的人
为无法更改的往事
悲伤的灰烬与灰烬连接
泪水湿透它的身体
关于明天能指望的只有自己
命运总在不可见的地方转折
就把这满身汗水当作陪葬品
为世间的悲伤留把烟火

低垂　黎明与黄昏
我抱着世界冲进火焰
又独自一人走出
当我明白
这如困兽般的生活
眼泪和太阳同样珍贵

2023 年 2 月

雨谋杀了一片叶子

风雨飘摇的夜　我该用哪种悲伤入梦

一片叶子在窗边
叛离
断落
在风吹来的方向　它开始自由

决定去向的　不会是去向本身
它还是落在梦里的结尾处　安静下来

雨谋杀了一片叶子
重重地
毫无声响地
荡过我的悲伤

2020 年 10 月

家 乡

我何尝不想再次回到家乡
多几日 多几夜
她恳求我晚一天离开
即便只是多见几个小时面

上次见面还是春天
刚刚褪去笨重的棉衣
小雨湿了她的鞋子
现在 又穿起了棉衣
"我没有离开过"
可她的身高骗了我

再两年 她就长大了
不会在半夜吵着和我睡一起
玩笑也不能随便开

再三年 她也像我一样
去奔向一个陌生人

去一个只属于她的地方

再几年　我可能也不在这个世界了
她应该不会再回到我的家乡
多一日
在一起的时间也就多几个小时

请不要太快长大
躺在我身边
散着长发
紧紧握着双手　站在我旁边
坚定地向前走

请不要太快长大
人生不会很漫长
每次归来时
家乡就少了一个等待的人

请不要习惯分离
在亲人身边
把儿时的模样带给他们

2019 年 10 月

我徒有一个春天

被落在人间的人
徒有眼泪　浇不灭一根思念的火柴

被落在人间的人
徒有一把烈焰　烧不尽坟前枯枝野草

被落在人间的人啊
我徒有一个春天　长满心心念念

2023 年 11 月

童　年

黄澄澄的夜里月季疯长
我们跟着月亮向前跑
踩着时光的尾巴

凉席躺在院子　我躺在爷爷的怀里
听炎热的诗　听银河的往事
小手指数着天上的星星
一颗　两颗　五颗　十颗
数不过来
再数一遍吧

日子慢悠悠地晃
我张开双手
等星星落下

2024 年 2 月

爷爷，山前的梦好长

爷爷　山前的梦好长
我驮负两座山
一座叫生活
一座叫不相见

一座隔着梦
一座隔着你

2023 年 11 月

★2023.11.2 爷爷离开了人间的家，多想向
那个秋天借一场梦游。可是，天上未眠月，
终不见来生。思念太浓，想你太轻松。

老旧的思念

在不规则的丘上　在通红的夕阳里
种下苹果和我老旧的思念

试图和你说说我
幸好不是雨天
你总是默不作声
我越来越破碎　又越来越完整
当这一切　只是你所经历的部分
只是一小部分

幸好是雨天
不撑伞时我还以为
是我的眼泪捧在你手里
我不必言语　你都知道

偶尔也托梦给我吧
你不想我吗

2020 年 10 月

人，是会老的宇宙

你是浩瀚的　身体里的星球不明地转动
杂乱的眼睛里　饮下第一条银河

2019 年 3 月

或许，这是我最后一本诗集（组诗）

母亲

你知道我爱的一切
在深夜给我讲完最后一个故事
拔掉我头上的针管
疼痛了太久
会原谅落在身上的不公吧

还有苦难没受完
那就换一身衣服吧
在我病好以后
你就去剪掉长发

对不起
你应该做一个幸福的女人
你是坚强的
至少现在是了

你给了我爱的一切
没有千言万语　我甚至不敢提起
我最害怕失去的人啊

来这世上
只有你让我成为我

父亲

你的爱太过深沉
对我来说是缥缈的
那是童年
成年后　我才知道爱的样子
透明　如空气

你总是沉默　总是笑着
我们越来越远
我就像现在这样　远离家乡
假装村子里的一切都好

你想过失去我吗
我对你一无所知
但我说过
我爱你

妹妹

不需要把最好的天气分给我们
你可以在冬日
把还未脱壳的蝉分给我们

或在平淡的下午
把正在发生的一切分给我们
如果生活艰难
就把每个夜晚分给我们

希望你有个好的人生
把善良分给善良
把勇敢分给勇敢
把爱分给值得的人
如果他还没有出现
那就分给自己

希望你怀抱浪漫
热情奔向每一座山
希望你有了不起的明天
比夏天清澈　比春天惊艳
希望你璀璨且温暖
更希望你健康与平安

爱人

我们自始至终都没有拥有姓名
没有红色的眼睛　也没有鲜花
只是衣服整齐　人儿干净
昨天的雨穿过人间
我唯一能做选择的事　也无法选择
等到我湿透　被风吹干

你如此勇敢　愿陪我老去
某天　一起去看极光吧
看看它的挣扎和光亮
别留下照片
就像我们还不属于这里

写过一些零散的小诗
我把被删减的话读给你
一字一句

爷爷

大梁单车碾碎小路的土块
村子里的云被荷叶挡在天外
你的身体庞大　灵魂变小
垂在文字的最后一个笔画

我会像你一样　撑起一片天地
在我思想边缘立起一道墙
一面是麦田
一面是家

如果风来　云散
如果风不来　云聚
你还是在每年的除夕
牵着我
踏过人生的必经之路

你会在集市上买一包烟花
告诉我　明年你就长大了

我还是没想起
哪一年你就变老了

奶奶

你爱热情争吵
至少对我来说　我们不合
你肯定是爱我的
至少不是恨

如今　你开始想起重要的人
即便是不识字　爱信传闻

座机拆了　你努力记下我们的号码
我们会坐着　聊到日落
你的悲悯心　已经开花结果
你说为家人乞讨的那个小女孩一晃就老了
就算是艰难的年代
你也是怀念的

此刻
你已经不关心外面的世界
只有你身边的人
还有已离开的人

姥姥

一场雨和太阳重叠　昙花现过彩虹
我每天都在撕日历　扯下我和世界厚厚的那层
生命和生命重叠　也是一页页翻过
姥姥　这将是我们最薄的那几页

阳光下的日子也不好过
玉米地是　你渐瘦的身子是
还能看几次月亮
成熟的玉米是　你昏花的眼睛是

我想说些什么
揭开又盖上淡而又淡的感情
有些人活着就不是为了让谁理解的
你是　我们是
你躺在本应舒服的床边
看着窗外　别人的葬礼

你说
当我死了　如果没人哭该多没脸面

你注定是要先我一步去看我没见过的世界
所以　我们活着也是渴望被理解的
从前是　以后也是
我说
姥姥　北京的天气越来越凉了

岁月仍要撕掉今天

★2023 清明，当我捧着骨灰盒走进墓地，
雨停在远处，姥姥停在我生命的三分之一
处。在心里又多了一个位置，放着最美的
昨天。

姥爷

画里的荒谬仍无人阻止
人生也只是接受和被接受的过程
你一开口便哽咽　一下笔便曲折
画黄牛老猪　画神仙凡间
画想象中整整齐齐的全家福

风吹走哪幅就烧掉哪幅
当生火吧
你忘记哪幅就卖掉哪幅
当废纸吧

画越来越空荡　一切都在晃动
只有生命浓淡不均

家人

或许　这是我在这本书里最勇敢的灵魂
这些话　不想被你们看到
当某天　有人焚烧我的文字
连同我爱的一切
再次归还给我

这是我意义的部分碎片
我的牵挂　我们幸福地生活过
至少在写下这首诗的时候
我可以让时间停在这里

在爱里啊　我们都是孩子
一直成长　无法长大

你们是我一生深爱的人呐

百鸟雀跃的森林

我听见白鸦为森林哗然
冬天不会让今年的雪花白开
岁月温柔地推拒苦痛
留下一场大雪
兆着来年醉人的春

我听见布谷鸟为田野啼鸣
麦苗从身体里拔出翠绿的大地
爱情如水灌溉我的心
留下一簇风
掀翻春天的麦浪

我听见海鸥为大海欢呼
粼粼光斑像万花筒的碎片洒在海面
太阳穿透巨岩的金榜
留下一朵浪花
臣服于黎明的曙光

我听见归雁为落叶哭泣
在一声叹息中披上思念的霞光
他乡的风拨动故乡的孤烟
留下一个北方
吹来久别重逢的风

2024 年 2 月

孤独的表面

房间里的电脑
通往另一个空间的门
一具正在接受灵魂毁灭的肉体

房间里的书
无法拯救生活
透明杯子里
装着一个人的轮廓

房间里的窗布
日落时清透　灯灭时模糊
在灰色与黑色间摇摆不定

广场上音乐响起
心跳和呼吸交响　风和树叶轻音
所有声音穿透墙皮
辅衬成人的哭泣声

杯中水散去　倒满　再散去
这些只是孤独的表面

2020 年 9 月

生活也不够纯粹

我不够纯粹的生活
隔着薄薄一层灰
香烟　酒水　隔夜饭
硬币放在笔袋　房间打扫又弄脏
混乱的根源是我无法掸去的物质

我不够纯粹的生活
隔着黑色承重梁
音乐　信仰　芳草地
闪电横穿月亮的心脏
血液规律地滴落
经过时间凝固成我混沌的认知

远处的房子消失　没有月光照亮我
窗户上隐约的人影　被雨掠过
从屋顶逃跑的瓦片　在自由后支离破碎
世界在喧嚣　我的沉默也不够安静

2020 年 9 月

孤独本身的话

我孤独时　月亮也孤独
它给我捉不到的影
空空如也的梦
一阵时光流逝的静
给我一个昨日今日翻覆的哀楚

我孤独时　月亮也孤独
我给它命运吹过的风
永远恒久的星
琐碎日常里的遗忘
给它一个人彻悟的瞬间

2018 年 8 月

音乐会

在音乐进行时是没有风经过的
摇滚乐或交响乐或随便几个和弦
都能隔离我心里的喧嚣

弹奏完最后一个音　风起
回到不属于我的房间
淡去的香水遮住人的味道

窗外鸣笛卷入风里
从音乐里走出
捧着鲜花　拥抱又松开爱我的人
我们终将各自背起包
回到暴风里
当我见过你
在无风无浪的夜　清白又短暂地活着

2020 年 12 月

我在人间摇曳着

影子在院子里奔跑
时间推着房子和太阳行走
水泥地上长出的树　摇曳着
撑破影子　变成人的样子

我写了一首诗
挂在影子的手臂上

夏日午后　影子很快就被墙壁吃掉
我可以逃离　它不行
地面裂开
它走出时间
我的影子也裂开
走近我的身体　变成我的样子

孩子只会用肚子哭
成人的眼泪是要经过心脏的

我的影子　依然
看不懂斑斑污痕的诗

我在人间摇曳着
变成生活裂开的影子

2017 年 6 月

光

光在我的房间兜了一圈
绕过我
斜躺在忧伤的对立面
如果是拜访　为何不带来一阵花香
如果是谈判　为何又不表露诚意
时间推向前的人生
没有方向才是平常

云遮住我的窗
悲哀凌驾于现实之上
合上得与求的帘
一个答案藏在一个瞬间

2020 年 11 月

如果没有方式让你快乐

揭开身上的雪
木色的土湿漉漉的
流向渺无人烟的血液里
快乐的种子长大后将不再快乐

如果我说
接下来的我们不想任何事物
那是不能做到的
我们终归还是清醒的

无垠大地上的一切有形物
都无法承载人全部的情绪
我不想因为雪的融化　而为冬天落泪
不想因为一个不确定　赌上我的月亮
可是望着明天　我眼泪不止

如果你悲伤　将有千万种方式让你更加悲伤
如果你快乐　将有千万种方式让你忘记快乐

生活就像一场风沙
随时掀起往日的巨浪

2020 年 11 月

以前的夜晚都不会太糟糕

饭在口中碾磨
真话卡在喉咙
用力咳出一些谎言
我会吞下认定的事实
在此之前　之后
我仍认为
今晚还没有太糟糕

2019 年 12 月

纸　鹤

折起泪水　贴上一个吻
让白云递给下一个夏天
我会陪着你
欢欣时在　忧愁时也在
我们在夕阳下互赠玫瑰
一起剪去生活的倒刺

别担心月亮不圆
也别担心月亮太圆
我会陪你升起云梯
翻过往事的墙

生命是张开翅膀的纸鹤
你何必着急　点燃天上的风

2020 年 11 月

与己无关的都是遥远

我们真的有必须完成的事吗
我脑海里的酒杯反复碰撞
生活剧烈摇晃　　往事越来越破碎
为找到意义
我翻遍身上所有口袋
我曾得到过一阵风
在二月的北极
也曾得到过一把焰火
在堆满秸秆的故乡

从一座山爬到另一座山
夜晚依然安静　　月亮没有不同
与己无关的都是遥远
满山的雪便是冬天的答案

2021 年 1 月

自　白

我常常看　常常擦去自己的模糊
常常想　杀死那头安逸的羊
常常在别人的公交站等待
这虚无的存在　我爱
我恨　缥缈的现在

如果肉体和精神无法分离
那我一定是假的
如果金钱和时间无法分离
那生活一定是假的
如果绝对和相对无法分离
那一切都是假的

所以　就让一切顺其自然地发生吧
在无解的未知地
有一个我一定是真的
从远方走来　向远方走去
从肉体走来　向灵魂走去

2020 年 6 月

隔壁的陌生人

那一侧的屋子　窗明几净
喧哗时隐约传来哭声
如果有日落　我还是会去看一眼
那个打开窗户等天沉下来的人

极少时候　我们会有眼神交流
等电梯　或是偶遇都不稀奇
只在疲惫的夕阳下　我们不约而同打开窗户
他问我在等什么
窗户隔着墙壁　风隔着我们

他离开时只有一个箱子
一株已经枯萎的花
蒙上灰尘的屋子里
看着他的背影
空洞的吸引力　灵魂会侃侃而谈但从不开口
我问他要去哪里
墙壁隔着我们　窗户隔着风

我们短暂地问候

陌生人
我们挤在雨里
人呐　复杂也简单　快乐也忧伤

只有我自己知道在等什么
只有他清楚要去往哪里
时光不停敲打窗户
我们　短暂地相识了一场

2020 年 4 月

我悲伤时，你在做什么

不再去想何时下雨
生活已让我筋疲力尽
为生悲　为死悲
为无法具体形容的痛而悲
为我们一眼就看到尽头的明天悲伤

大海在玻璃酒杯里呜咽
夕阳正在疏远蔚蓝的天空
沙鸥在灯塔上打盹
我站在家乡清冷的黄河边
扬起春天的骨灰

云朵支离破碎
撑住下坠的流星
向前望生活
捧着今日的泪滴

2018 年 12 月

从城市到城市里

纷扬的夜和城市
迫不及待相见的人
身体里有蝴蝶飞出高耸的墙
你只是异乡人
他们相拥　他们紧紧贴着彼此
你紧握行李　被人群淹没
没有人真正靠岸
世界是无边际的汪洋大海
汇成自己　巨岩卧在繁华中心
薄被拍打锋利的骨头
会有一个像你的人
温暖一个夜晚
在城市里沮丧且炙热

2019 年 3 月

做音乐的人（组诗）

作词人

灵感的蝴蝶飞过沧海
扇起一场过去的海啸
席卷月亮和万鲸
银河倾泻而下
轻轻落在一片雪白的鳞上

疼痛是与命运亲吻的齿痕
温柔是与生活拥抱的热泪
流星从左眼坠落
背影丢在星光下　疗愈深夜

为写雪花　又独自过了一个冬
为写西湖柳　押一春天的韵

作曲家

作曲家运来大大小小的家具
在新搬的小屋里　整齐摆放音符
放得太高　人就小了
放得太低　房间就显得空荡
有高有低才好
有时候也不用堆积太满

留白也是一种美好
剪断五线谱　音乐缓缓流出
洒在柔软又平整的白衬衫上

吉他手

第一根是净土
是细长的脐带
绕出生命的子午线

第二根是星空
是没有尽头的钟
脚步轻轻　　思念轻轻

第三根是春风
是朦胧诗里的炊烟
群花百草乘上爱情　　摇曳着相逢

第四根是泉水
是酒后的流星雨
眼前的美好都已汇成时光

第五根是火把
是过往的烈日
闪耀着永恒的热爱

第六根是大地
是晚云的骨骼
在他乡的黄昏里提着一盏不灭的灯

2024 年 2 月

辑四　那些成为歌的诗

"今天的我依然在这里，看吧，
我只是在等自己！"

我躲过世俗的雨，
躲不过幸存的你。

果　车

那年冬天　雪是白色　你是彩色
时间像虚拟的线
在无形的世界把我们揉成一团
时间又是现实的针
缝合不了冬天和春天

我说我喜欢一切美好的事物啊
冬天　雪　和你

你呢喃　春天来了
我们要说再见了

从明天开始

颓废在入春的第二月　仿佛又看透了什么
在我重蹈覆辙后　仿佛又失去了什么
在我得到真实后　昨天
该爱的爱了　该痛的痛了　该执着的执着了
该放手的放手了
该死的死了　该愈合的愈合了　该刻骨的刻骨了
该输的输了　该毁的毁了

今天
他来过　我爱过　没结果

从明天开始
让该属于的属于吧　该离开的要说再见了

方 今

无须负责的快乐　是赠予还是索取
救赎夜里的泣不成声　是释然还是不放
此时此刻的我和你　是真实还是虚拟

我相信
离开是等待一个人　离世不过是等待一群人
今天的我依然在这里　看吧
我只是在等自己

睡在凌晨三点的情书

你像我绝望世界里的救命稻草　我紧紧抓住
我怕秋天过了　你就枯萎了

我把你放进我的温室
固执地把我写成我们
那个被撕毁的书　那个念念不忘的人是我
那个眼睁睁送别你　又无能为力的人是我
那个最终烧成灰烬　也不曾开口的人是我

也想，你永远不懂这首歌

深夜写信　每次就写一两句
写满了就收起来　不寄给你
如果你看到了最真实的我
也别听懂我在想你
信被我们丢了　我也无保留地爱过

有信来

笔下的真挚　信里的寄托
填满纸张的是诗词歌词或是生活琐事
不重要
信所途径的地方
我们早已到达

读取苦涩或是甘甜
也不重要
故事在纸上长了褶皱
长成我们的纪念

再无归期或是期待如此
早已不重要
因为这里只有我们两个人

房门外有如无数个我

万物枯朽　各有其时
被划分出的人群　躺在真实世界的梦幻之处

手和嘴之间的距离　是爱和恨的纷争
极少数人思考
大多数人被迫勇敢

清醒独立或人群逐流　辗转不停
人心如你一般
是清楚的　也是模糊的

趣　惑

霎那间的喜悦　不被任何事物打扰
而悲伤太纯粹
在每一刻笑容和眼神里

上一篇不解的惑　下一个有趣的人
埋在生活里　也消失在虚设里

瓦解过的生命　在每个日出复活
当你可以放下所拥有的一切时

右耳，听见你

你是月亮　那些独一的事物也只能是你
我知道
你是我闭眼便可听见的温柔

爱　是昨夜千万雪花奔向大地
爱也是太阳升落间与大地最近的距离

我会在没有名字的时间里想你
我们要在爱里自由
也在框架里浪漫
所以来吧　我们在一起
拥抱以彼此为名的时间

九拾九

一场迷藏　藏够几个自己
要一场胜利　要找到那一个你

人对未知的拼凑　如同薛定谔的猫
盒子里外是等待发现与被发现

我们都藏好　把头露出来
当发现自我宇宙外的生命

其实你寻找我时　我也从未停歇

与黑狗共处的日子

世间的苦　从来不是奔波劳碌的肉体
而是在洪流中　那无来由的

无法把精神具体　说不清每一根稻草
拔不出别人生活里的刺

可这里总不会一直冰冷的　碎裂的光会照进来
每一朵花都有名字　拥抱都是真实之事
会好起来的　不骗你

去看看山高海阔　如果厌倦人的嘴脸
去某个村庄　或喂鱼　或养林　或爱一个人
如果世界太麻烦　那就让它麻烦吧

在崩塌前吞下那颗治病的药丸
在床上睁开眼
浩若星海　你应该多看一眼

以温柔待世界吧

苦难终会过去　它不会消失
这个世界上
终有一个喜你所喜　悲你所悲的人存在

他会在每个晴朗的天　呼唤着你
随你一起被丢进人海　把银河放在手心

他会告诉你
祝福都是假的　祝福本身是真的
祝福每一座山都不再寒冷

我们垂直握紧　温柔会从手心流出
倒流回银河
苦海泛舟　皆是渡客

请理性消费

眼睛独立一颗星球　苹果啃食腐肉
人类的情感
普通的　纷乱的

久远的世界　人总是摸不透
于是战斗　在纸上写下历史和杀戮
恨和恨对立　用善良来献祭

黄昏后　太阳还未退下　月亮开始隐约
外衣和皮肤不同　是放在最深海域的针
没人见过　但不妨碍它长成第二层皮

吃掉这颗星球　首先吃掉它的心脏
在它身上凿一个窟窿　把高级的生命送出去

而苹果
在啃食他的脑浆

人间日落

白茫茫的人间　啼哭声和烧灼声都理所当然
我的那颗草木之身将是唯一的养分

不可一世的夕阳　落在每个孤独的生命上
神仙藏匿的云朵我终究会去看看
那满眼的星河毫不保留　献给了我所爱的人

这一生我们游荡　归乡
不由分说的残缺之美也会落地
是最后一次跟随着我的身体

我会看着那颗白茫茫的眼睛
不会跟他说起关于人间的种种
也不会告诉他　我的圆满或破碎
我会把手放到他的额头

告诉他
夕阳和黎明的光影
活在这不可一世的日光里

昨日后花园

当下的哀乐　背对我们走去
走向空旷的昨日　走进簇拥的记忆
明日的丰美与荒芜　在夕阳落下时
你应有所期待

总是生活　总是人啊
如果没有办法　那就让它随风去吧

冬夜芳馥
谢谢你慕名而来　给我一座记忆花园

骑　鲸

海鸥与鲸　缥缈与追逐
不敢在清醒时翻山越岭
触及梦境　无形又不具体的我

世界广阔　热爱在周游后停泊
转瞬的月光　见证生命不长留
深海里被冻结的喜悦与哀愁

时光森罗万象　我也并非一无所有
怎么低头　两手空空

辑五 想送你一首歌

"我也想带你回家乡，
看遍无尽的繁华。"

送你我爱的诗集，
分你我珍藏的歌曲。

果　车

随着灰色爬向云朵　经过伞的骸骨
在腊月　雪花生长的时候
你轻盈

摇着风吹皱孤松　我们低声呓语
在相遇的世界　声音嘈杂的日子里
坠落

我穿过风和山和海洋
只为你一个不经世的谎
看一朵云变成另一朵
告诉他我提心吊胆的一天和渴望

我穿过风和山和海洋
只为你一个不经世的谎
看一片雪融成另一片
看你走向我

我穿过风和山和海洋
只为你一个不经世的谎
看一片雪融成另一片
这一切还是应有的乖张和模样

我穿过风和山和海洋
只为你一个不经世的谎
看一朵云变成另一朵
看你远离我

★于二〇一七年春单曲发布，后收录于二
辑《迷雾中的夜场巡礼》中。

鱼　辞

你如星辰入海
倾万鲸成宇宙
你似繁花入瞳
拈早春成不朽
你如所愿入梦
枕耳边不可求
你似零雪入冬
经过即是消融

你是我得舍间　半生余空
你是我爱过的　有始无终
你是山河
遥远又无法相拥
你是夭乔旭日下的与众不同

你在我笔尖任我　我在歌外面沱若
等烟散尽人如梭　自渡者排拓沉默
你指沧海为溟漠　我便海鸥作云朵

等露浸染成南柯　无常道不过你我

你是我未曾得到的所有
你是我漫漫余生里的绝口
你是明天
不及又来去匆匆
你是夜冬风寒里的热泪暗涌

你在我嘴边任我　我在对岸欲磨跎
等面面相觑都不说　让渡者载我过河
你指森林为湖泊　我便远鹿作清波
等苔附雪过往已彻　无常道万般你我

★ 于二〇一八年春单曲发布，后收录于二
辑《迷雾中的夜场巡礼》中。

无骨无花，无我无他

烈日里灼热的城墙
暖不来我的渴望
我也想带你回家乡
看遍无尽的繁华

枯落一片残朵残发
断梦断忆断忘
你没能带我回家乡
看清孑立的景象

多年前我身骑白马流浪
说要带你去远方
你终究还是没到我家乡
陪我睡到天荒

多年后我孤身打马过乡
看无常路遥人亡
我依然咏怀着情愫满腔

望着你的北方

落月波纹造景无他
无我无骨无花
我何时带你回家乡
看看萧条的荒凉

撕毁身体一丝念想
任由缺氧摆荡
我终于带你回家乡
洒在那荣枯的花

多年以前　身骑白马
说要一起流浪
你终究没到　我的家乡
陪我睡到天荒

多年后我孤身打马过乡

看无常路遥人亡
我依然咏怀着情愫满腔
望着你的北方

多年以前我身骑白马
说要一起流浪
你终究没到我的家乡
陪我睡到天荒

多年后我孤身打马过乡
看无常路遥人亡
我依然咏怀着情愫满腔
望着你的北方

等我们空悲已百年沧桑
再看年轻的模样
你是否只当作人来人往
还是大梦一场

我早已把我家乡
当成你的身旁

★ 于二○一八年夏单曲发布，后收录于二
辑《迷雾中的夜场巡礼》中。

猫眼里的半途

你掀起山河奔向我
踏尽星粒来访我
嵌进欲望的花果
食过　陨落

你荡在绽开的烟火
绚烂后终将赤裸
清醒沉睡不看我
静默　咎过

权当是一场逆翔　等待我撞破南墙
人来人去人一场　只道是当时如常
权当是一场匆忙　等待我安然无恙
人来人去人一场　还真是一如往常

你赤壁下寻花一朵
散在烟海里沉没
背向我无话要说
任我　沱若

放纵这一场流浪　等待我无处安放
人来人去人一场　都不过只是平常
权当是一场匆忙　等待我安然无恙
人来人去人一场　还真是一如往常

★ 于二〇一六年冬单曲发布。

从明天开始

从明天开始
做一枚邮票寄到全世界
从明天开始
做一粒尘土落在自己身上

从明天开始
把光放进房间欣赏
把鱼放进水塘喂养
把风折成花儿　生长成春天
把人间当成故乡

从明天开始
看着鱼分食云朵
看着云欲落未落
我把衣服脱光　看着你　望向我
看着你　从明天开始

从明天开始
随泉水载清载浊
随太阳朝升夕落
随我歌唱　唱着你　唱着我
看着我　从今天开始

★ 于二〇一七年秋单曲发布,后收录于二
辑《迷雾中的夜场巡礼》中。

半　醒

真爱被夜泪沉
恨不怪乏匮
假寐隐匿无畏
爱着陌生的诚恳

如果错的绝对
就要对的纯粹
谁拿时间的刃
割破真实的嘴

星辰收留饯泪
赖不怪清晨
生活腐化萎靡
像精琢的皱纹

如果美的绝对
就会烂成粉碎
是谁定义相悖

我只能假慈悲

别借我一身孤勇
我宁愿半梦半醒
别赠我随意享用
世间的疼痛

别让我傍观看清
你只是浮光掠影
别送我盛筵美景
皆是迷离惝恍大梦

★于二〇一七年秋单曲发布，后收录于二
辑《迷雾中的夜场巡礼》中。

众心相

来回转　都是利刺间
人生看破是荒诞
寻世界不染　你可信过少年
半生过喉　随谁而安

众生间　遇一人之欢
不可求一生不厌
寻人间脩短　遗憾多于所愿
拈起星辰　不敢祝眠

时间不痛不痒　我们却变了心肠
孤独盛装来访　世人都一个模样

这百年　不过从荒唐走到下一个荒唐
你看人生都没结果只有求而不得
这时间　不过是回想赠给现实字数的枪
知世而长　知事而放　这夜没任何力量

这爱恋　不过从身旁走近下一个身旁
用多少私藏的伤　换一次绝不后悔的坚强
这青春　不过是逃亡全都赤裸在迷路上
知世方长　知事跌宕　但求你别来无恙

这回忆　不过是遗忘欺骗下一个遗忘
我们争拥来到世上　为等一个不朽的谎
这老去　不过是沧桑燃尽前半生的悲凉
知世无相　知事虚妄　这一生也就这样

★于二〇二〇年春单曲发布，后收录于三
辑《众生观世录》中。

通往永恒的票难求

故事总比记忆里深刻
皆为定数　各自有哀乐
哪一天　我的爱　也死了

过客向来从不问因果
人间情事以疼痛吻我
不想过　谁又懂活

时间很多我只有一个
和你不求未来发生着
哪一天　我们一起　死吧

万物不返囿不止你我
愿你敢爱敢恨敢独活
往事不落　敬明天倭妥

百年不留人间孤苦
逝如斯夫不尽孤独
看破是空无一物
半生目送　一生难逢

弹指旬年众生皆苦
岁不与我百身何赎
是这样自己都留不住
在人生的列车上　垂死怒吼

握着旧钥匙
也只能经过你的窗口

★于二〇一九年夏单曲发布，后收录于三
辑《众生观世录》中。

后　记

第一次见，你好啊，陌生人：

　　关于后记，我思来想去，还是决定以写信的方式把自己和这本诗集的故事展示给你。

　　我是大二那年来北京的。离家前，我和母亲谈起想去做的两件事：一件是在毕业时发一张自己的原创专辑，另一件是想在 30 岁之前出版一本书。19 岁的我有很大的梦想，即便备忘录里凑不出一首完整的歌，即便连编曲都没有学过。母亲很支持我做音乐，但对于我想写作出书却没有过多言语。在她看来，我的学历普通，写作也和自己所学的专业关系不大。现在想想，当年是一腔热血也好，趾高气扬也罢，我只知道，尽管路上会有风雨，但我仍想沿着热爱的方向走下去。

　　到了北京之后，文字和音乐平行进行着。两年后的我制作了第一张原创专辑，便以为出书也大抵如此。毕业后的第一个夏天，通过网络第一次接触和了解图书出版，对方建议我先写散文投稿杂志，累积一点知名度。于是我尝试着写随笔散文，写完一篇就发给编辑看，对方也会给出一些建议和鼓励，但也因为很多原因，最终出书的想法并没有如愿以偿。

　　接下来三四年里，我陆续也写了上百首诗，于是开始联系各家出版社投稿，也托朋友介绍图书编辑。我和好几家出版社的编辑老师都讨论过诗集的内容，不论是线上还是线下，都被委婉拒绝了。就这样来来回回几个月，一次次的打击正渐渐消磨着我对文字的热情。这时，通过文字认识了编辑阿泽和沅沅，他们也都建议暂时放一放诗集，先出一本小说或散文集，等销量好了，有更多的人关注自己的时候，第二本出诗集就比较好过选题会。

　　我仍抱着希望，如果未来有一丝出诗集的可能，我都愿意去尝试。于是在 2021 年的秋天，我在一家咖啡店里陆续写完了一本长篇小说。很长一段时间，我会在店刚开门就去找个位置坐下码字，直到晚上店打烊才离开，但对于我来说，开心远大于疲惫。转年去南京找沅沅聊这本小说时认识了诗人郭幸，她是我第一个认识的诗人朋友，通过她，我仿佛在蒙眬中看到了诗的具象，这种感觉就像一个拴着执念的万米绳索，突然松开的瞬间。

　　从南京回来后，我对出版诗集的执念开始慢慢和解，决定先在网络上发一些诗，看看效果。于是我开始学习研究排版，做了几百张月亮随着时间与季节圆缺的图片。因为我很喜欢在读诗的时候配上纯音乐，所以也为此创作了20首纯音乐，虽然朋友劝我都换成比较诗意的纯音乐名，但我仍一意孤行地用四季和季节里代表的动物命名。其实也有过顾虑，但在我的认知里，生命和自然更具诗意。后来每周在公众号上更新，持续了一整年，不可否认，效果越来越差，阅读量越来越低，但好在这一年也涨了一百多关注人数。

当我以为出版诗集的梦想到此结束的时候，某天郭幸向我推荐了萱萱，也就是这本书的编辑。我们简单聊了几句，其实我也没有抱太多希望地把文本发给她看，2023年7月份萱萱和我打了一通电话，需要我再整理一下文本，我心里那束遥远的光，忽然又闪烁了一下。

同年12月，北京第一场大雪来临时，我正在筹备音乐会，晚上收到萱萱的消息，告诉我诗集选题通过了，我不知是因为排练的疲惫还是这句话我等待太久，坐在沙发上眼泪止不住地流，久久不能平复。

时至今日，我仍不敢相信期待了十年的梦就快要实现了。虽然没有实现在 30 岁之前出书的愿望，但在而立之年的人生旅程中，也终究是给 19 岁的自己一个相对满意的交代。幸好，这一次我也没有辜负自己。

《隔壁住过月亮》这个书名是在写诗的过程中想到的，我觉得它浪漫，它遗憾，它是生活的倒影。这本诗集里有一些关于生活和生命的话题，有一部分来自小时候。这十年，一切都在流动，经历新生与死亡，但我在诗里的自由是没有一首词可以代替的。

我怀念那个满头大汗的夏天，矮矮的房屋，几块钱的西瓜。我怀念村子里喧嚣的夜，即便是壁虎成群在天花板爬上爬下；我怀念小小的院子，每一株植物，每一块土，或许这一些都只是陪衬；我怀念的只是曾经的完整，那一幕幕美好的定格，还有陪在家人身边的我。

我拥有过绝对的爱情，谎言包裹的真相，嬉笑怒骂与冷暴力；我拥有过三两好友彻夜长谈，从宇宙聊到尘埃，仍要在黎明后兵分两路；我拥有过人潮托举我，又在晴朗的一天后退去。从孤独里来又返回到孤独里去，我多怕自己有一天麻木着失去表达，于是我用文字平复内心，用音乐打开自己。无论是听过我的歌还是曾经看到过我写的歌词，这次让我们重新认识一下。

远方的朋友你好，我是尚东峰，这是我人生中第一本诗集，请多指教。

祝你一路东风，月下行舟。

尚东峰

2024 年 3 月 31 日